예루살렘의 노을

예루살렘의 노을

권택명 시인은 1950년 경상북도 월성군 안강읍 옥산리에서 출생. 영남대학교(경영학) 및 동 대학원(마케팅) 졸업. 한양대학교 박사과정(문화콘텐츠학) 수료. 초등학교 때부터 동시를 쓰기 시작하였으며, 《학원문학상》 등 백일장·문예 콩쿨 다수 입상. 1974년 박목월 시인이 창간한 월간 시지詩誌 《심상心象》 신인상 당선으로 데뷔. 한국시인협회 사무차장, 사무국장, 교류위원장을 거쳐 현재 심의위원. 심상시인회, 목월문학포럼, 한국기독교문인협회 각 회원. 월간 《창조문예》 반년간 《빛과숲》 편집자문위원. 외환은행 도쿄東京지점에서 통산 7년을 근무하였으며, 동 은행 사무혁신부장, 신평지점장, 강남영업본부장 등 역임 후 현재 공익자선재단인 외환은행나눔재단 상근이사. 현재 서울 서초동 사랑의교회 장로. 시집으로, 『사랑·이후』(1976), 『소설부근小雪附近』(일역日譯, 강정중姜晶中 역, 1983), 『그림자가 있는 빈터』(1985), 『영원 그 너머로』(1991), 『첼로를 들으며』(2001)가 있으며, 한·일 번역서로 『한국현대시3인집—구상·김남조·김광림』, 일·한 번역서로 장편소설 『하얀 가을』, 전후문제단편소설집 『제비 둥지가 있는 집의 침입자』, 야마구찌 소오지 시집 『하늘·땅·사람』, 시라이시 가즈꼬 산문집 『나귀를 타고 두보 마을에 가다』가 있음.

예루살렘의 노을

글쓴이 / 권택명
펴낸이 / 孫貞順
펴낸곳 / 모아드림

1판 1쇄 / 2010년 12월 10일

서울 서대문구 북아현3동 1-1278
전화 / 365-8111~2
팩시밀리 / 365-8110
E-mail / morebook@morebook.co.kr
http://www.morebook.co.kr
등록번호 / 제2-2264호(1996.10.24)

ⓒ권택명
ISBN 978-89-5664-140-9

* 잘못된 책은 구입하신 서점에서 바꾸어 드립니다.
* 지은이와의 협의하에 인지를 붙이지 않습니다.

값 8,000원

모아드림 기획시선 129

예루살렘의 노을

권택명 시집

모아드림

뉴 밀레니엄이라는 기대감으로 들떠 있던 2001년 초에 출간한 네 번째 시집 이후 한 권의 시집을 더 준비하는 동안 10년이 지났다. 새 천 년의 10년 동안 육신의 나이는 어김없이 50대를 거쳤지만 내 정신과 영혼의 연령은 별로 진보하지 못한 채 다시 한 권의 시집을 내는 마음이 미안하고 송구하다.

1부에는 내 시가 일관되게 추구해온 존재와 삶의 본질에 관련되는 것들, 타자와의 관계 속에서 돌아보는 일상 속 자신의 모습을 성찰한 것을, 2부에는 이 역시 내 시의 변함없는 주제이자 궤적인 자연과의 교감을, 3부에는 나이 들어 새롭게 느끼게 되는 내 육신의 뿌리와 관계되는 것을, 4부에는 수년 전 노랫말을 지을 기회가 있어 실험적으로 개작改作하거나 써 본 서정의 세계를, 5부에는 세월이 갈수록 더 가까이 다가오는 기독교 신앙의 세계와 연관되는 것들을 위주로 모아 보았다.

존경하는 원로 시인 김남조 선생님께서 두어 차례 나도 이제 직장 그만 두고 시에 전념할 때가 되지 않았느냐는 말씀으로 애정 어린 자극을 주신 적이 있다. 아직은 생업生業이고 소명김命이라 손을 놓을 수 없는 직장 생활이 금년으로 41년 째다. 하나님께서 20대에서 50대까지 허락하신 천직이 어찌 내 게으른 시업詩業의 변명이 되겠는가. 천학비재淺學非才의 자신이 문제일 뿐. 돌아보면 고마움으로 가득한 나날들이다.

어느 새 세월이 갔을까. 올해가 환갑이라고 딸들이 시집을 내주겠다 성화를 하여 서둘러 정리를 해보기로 했다. 새삼 나이 따위를 들먹일 것은 없지만 부끄러운 발자국이라도 아직은 갈 길이 남아 있기에 쉼표를 찍는 기분으로 매듭을 하나 지어보기로 한 것이다. 육신의 날은 짧아지는데 정신은 협량狹量하고 영혼의 그릇 또한 아직 빈약하기 그지 없으니 그저 아득하게만 보인다.

이태 전 어머니가 떠나셨지만 지난 해 첫 외손녀가 세상에 태어나서 한층 신비로운 인연 속에 살게 되었음이 기쁘다. 시가 삶이고 삶이 시가 되는 남은 날을 살고 싶다.

먼 옛날 고교생 시절 〈회귀선回歸線〉이라는 문학동인으로 만나 오랜 인연을 이어온 김수복 시인이 부족한 작품에 귀한 격려의 글을 붙여주어 고맙고, 또 다른 귀한 인연으로 네 번째 시집을 내준 손정순 시인이 이번에도 기꺼이 책을 내주어 감사할 따름이다.

금년이 결혼 30주년이기도 한데, 환갑에도 철들지 않는 사람 곁에서 숱하게 마음 고생한 아내, 이태 전 결혼하여 외손녀를 안겨준 큰 딸과 사위, 보스턴에서 5년째 첼로를 공부하고 있는 둘째 딸, 내게 가장 소중한 이들에게도 이 기회에 고마운 마음을 전한다. 끝으로 나의 나 된 것은 오로지 하나님의 은혜로 된 것임을 고백하며, 좋으신 우리 아버지 하나님께 감사와 영광을 올려드린다.

2010년 만추晩秋,
노을이 아름다운 날에, 권택명

차 례

시집을 내면서

1부 알코올 램프

2부 살구를 주우며

1부
알코올 램프

풍경 A

바다 쪽으로 해가 기울고 있다
해는 보이지 않고
구름만 붉다
새가 몇 마리 서쪽으로 날아갔다
고층 아파트 단지 테니스장
벌써 조명등을 밝히고
누군가가 테니스를 치고 있다
방음창이어서 소리가 들리지 않는다
물고기가 헤엄치듯
토키가 죽어버린 화면을 들여다보는 것 같다
휴일 하오
혼자서 창 너머로 바라보는
정중동靜中動
동중정動中靜의 명암
문득 무엇인가가 한없이 그리워진다
나는 창가에서 돌아선다

풍경 B

봄비 개인 뒤
베란다에서
정원 나뭇가지에 맺힌
물방울을 바라본다
우주가 담긴
말간 하늘의 알갱이
지구 건너 편의
사하라 건너
사바나의 초식 동물
톰슨가젤의 갓 태어난 새끼의
눈동자도 보이고
몽블랑 산록의 통나무집
막 커피 잔을 들어올리는
볼이 상기된 관광객도 보인다
뉴욕 맨해튼
유엔본부 빌딩 꼭대기를 스치는
바람소리도 들리고
마더 테레사가 살다간

캘커타의 그늘진 골목길도 보인다
수억 광년의 거리를 지나
순간의 빛으로 다가오는
명왕성보다 더 먼 별들도 보인다
환하게 보인다

알코올 램프

도쿄 하라주쿠*
물들인 금발머리의
행복해 보이는 아가씨가 웃고 있는 가게에서
램프를 하나 샀다
눈을 닦듯이
난시의 안경을 닦듯이
종일 등피를 닦고
알코올을 넣는다
파르스름한 눈빛이 살아난다
바람 없이도 자주 흔들리는
그대의 눈자위처럼
알코올은 위험하다
음흉해서 더욱 위험하다
불이 붙어도
보이지 않는 불꽃
파르스름한 시선
차가운 눈빛을 한 채
열기만 토해 내는

어쩐지 기분 나쁜 응시가
사방 가득한 거리에서
나는 오늘도
위장된 평안을
등피 안에 가두고 있다

*하라주쿠原宿 : 도쿄東京의 지명. 유행을 선도하는 젊은이들이 많이 모이
는 곳

종이 접기

그래, 아가야
오늘은 진종일 종이로 학을 접었지
저길 보렴
바람에 실타래 같이 풀려가는
마음 한 조각 태워
어디론지 가고 있는
종이학 한 마리가 보이지
날마다 귀 쫑긋 세워
기다리고 기다리며
어설픈 눈짓 하나에도
온종일 가슴 찡하게
기다림만 먼지처럼 쌓인
종이학이 보이지
구겨지는 가슴
별빛으로나 다시 돌아올
한 마리 종이학이 보이지
떨어질 듯 떨어질 듯
떨어지다간 다시 날아올라

꿈처럼 펼쳐진
무한의 창공을 가로질러 비상하는
무광택의 종이학이 보이지
아가야

뒤로 걷기

무릎 관절 통증이 올 때
정형외과 닥터의 권유대로

때로는 뒤로 걷는다

앞으로 앞으로만 가는 것이 살 길이라 하여
무릎 통증도 무릅쓰고
기를 쓰고 걷던 길

눈 앞에 늘 돌진해오기만 하던 풍경이
뒤로 물러나는 것도
속이 후련하고
뒤로 걸으면
불안정하긴 하지만
무릎 대신 마음이 치유되는 게 신통하다
시간이 지나면
한결 걷기도 수월한 것이 신기하다

남들 앞으로 앞으로 진군할 때
수시로 멈춰 서서
뒤를 돌아보아야 하고

그래
세상사 움켜쥔 손 놓고 나면
몸이 가벼워져 그런 것인가

피구

IMF의 바람을 맞으며
전화 한 통화에
무더기로
더러는 하나 둘씩
무대에서 먼저 내려간 동기생들

초등학교 때 체육 시간
돌멩이 많던 운동장에
금 그어 놓고 하던
피구

볼을 피하려고
이리저리 우루루 필사적이던
불과 반 세기 전의
활동사진

이제는
일발필살의

서바이벌 게임으로 바뀌어 있는데
남아 있어도
살아 있지 않은 듯한

이 삭막하고도
광막한
운동장

조약돌 네 개

검은 비가 내렸다는
일본 히로시마廣島 피폭지
헤이와平和공원 언저리의
조선인 희생자 위령비,
칭기즈 칸이 달렸다는
몽골 초원 투르 강변,
근세 강대국의 조차지였던
중국 따렌大連의 금석탄 해안,
고구려의 옛 도읍
만주 찌안集安 광개토대왕릉이
내 서가 위에 나란히 놓여 있다.
수년의 세월을 사이로
한두 개씩 주워온 조약돌들
뜻하지 않은
21세기 초엽 대한민국 서울
한 아파트에서 조우한
특별한 인연에도 묵묵하기만 하다.
풍우에 닦여
아니면 모진 세월을 견뎌

수천 년이 응축된
조그만 침묵으로 이웃하며
내 작은 목숨도
거대한 역사 속의 한 점을 살고 있음을 일깨우는
네 개의 조약돌
'평화' 와 '우정' 이라는 글자가 쓰인
히로시마의 돌,
야외 양고기 바비큐 위로
쏜살같이 내려오던
솔개 무리의 그림자가 비치는
투르 강가의 돌,
지금은 아름다운 항구의 관광지로
힘찬 용트림을 하고 있는
따렌의 돌,
퇴락한 돌무덤 속
빈 관대만 허허롭던,
위대한 한恨처럼 불그레한
찌안의 돌.

캔디 두 개

을지로 지하철역
지도를 펴 들고 길을 찾는
일본인 관광객 가족
간단한 수인사에 얼굴이 환해진다
가므사하므니다
어눌한 인사말을 듣는데,
대여섯 살쯤 됐을까
눈이 동그란 사내아이가
캔디 하나를 내민다
아 · 리 · 가 · 또 · 오
꼬마에게 말하는데
곁에 서 있던
한두 살 터울 져 보이는 여동생이
또 하나를 내민다
저녁 피곤한 귀가 길에 얻은
캔디 두 개의 횡재,
독도 문제도
교과서 문제도 모른 채

작은 친절에
허리를 여러 번 굽히고 떠나는 부모 뒤로
남매가 손을 흔들어 보였다
몇 년 뒤쯤 저 아이들은
두 나라 현안에
눈 뜨게 될까
언제까지
한국의 수도 서울에서
한 중년 아저씨에게
사심 없이 캔디 한 개씩을 건넨
사실을 기억할까

곰탕을 먹으며
― 고 초개草芥 김영태 선생님께

선생님
하동관이 외환은행 본점 건물 가까이 이사온 것
알고 계시겠지요
항상 올 에이를 받는
정통 금융인 후배라고 추스려 주신 덕에
사오정 오륙도 시대에도
사십 년 이 직장에 남아
위에서 다섯 손가락 안에 드는 고참이 되어
후배들과 줄 서기가 미안하여
가끔 느지막한 점심을 위해
혼자 하동관에 드나드는 것도
알고 계시겠지요
여전히 그 집 놋그릇은 적당히 뜨겁고
12시 전후에는 줄 서서 기다리고
시끌벅적 와글와글
앉자마자 곰탕그릇이 동시에 배달되어
입으로 가는지 코로 가는지
생각할 겨를 없이 삼키듯이 넘기고

서둘러 입구에 옹기종기 놓인 물 한잔으로 입 헹군 후
골목으로 나서는 풍경 여전하지요.
항상 12시보다 10여 분쯤 먼저 약속하고
미리 오셔서 구석자리에 앉아 기다리시던 모습을 떠올
리며
가끔 부질없이 구석진 자리들을 둘러보곤 하는
제 모습도 알고 계시겠지요
고지혈증 약 복용으로
육류를 제한 중임에도
가끔 선생님 늘 주문하시던
'내포' 를 부탁하는 제 모습도
선생님 가시고 비로소
'내포' 가 '내장 포함' 이라는 걸 알고
혼자 실소하던 제 표정도
선생님은 물론
안 보는 척 내려감은 실눈으로 모든 세상 보시던
그 눈길로 보고 계셨겠지요

커피를 마시며

언젠가부터 은행 빌딩 한 구석을 당당히 차지한
스타벅스에서
금년 가을 특판으로 나온
메이드 인 차이나의 가을 트리 컵으로
모닝 커피를 마신다
칠십 년대, 아침 출근 후
수출입국의 역군을 일으켜 세우는 행진곡 속에
습관처럼 다니던 사무실 옆 지하다방 여왕봉에서
하늘하늘 한복 입은 얼굴마담이 치맛자락 여미며
달걀 노른자 넣어 저어주던
삽쏘롬한 모닝 커피
박제된 화석으로 기억의 지층에 묻히고
이천 년대, 상전벽해의 아침 출근 길
커피빈, 엔젤인어스, 톰앤톰스
테이크 아웃 커피 에디야 까지
온통 커피 향기로 뒤덮인 명동 한복판
앳된 아르바이트생이
코올링! 하고, 아메리칸 커피처럼 투명한 소리로

주문을 복창하는 앞에서
가을을 재촉하는 비가 내린 다음 날 아침
보기만 해도 이내 깊은 가을 속에 잠길 듯한
만산홍엽의 가을 트리 컵으로
하루의 심연을 마신다

하루가 기우뚱 기운다

춘란 꽃대를 자르며

여름도 끝 무렵
잎이 무성한 사무실 탁자 위 춘란 화분 하나
꽃대가 두 대 올라와 수줍은 듯 꽃 피운지
겨우 두 주도 못 지나 고개를 떨구었다
꽃이 시들기 시작하면 서둘러 잘라내던
그 동안의 습관적인 손길을 이제 그만두기로 했다
생사도 하나의 프로세스
가장 절정에 있던 존재가
매순간 지상에서 사라져가는 과정을
누가 피해갈 수 있으랴
불과 며칠 사이 색이 바래고
바로 전까지도 가슴을 설레게 했던
그 말갛고 수줍던 자태를 상상조차 할 수 없게
볼품없이 꽃대의 뿌리까지 말라버린 모습
가위를 들고
완전히 시들 때까지의 짧은 유예 기간을 끝내기로 한다
꽃대를 잘라낸 후 한참을 들여다본다
바싹 말라 오그라든 꽃잎과 대궁 위로

오늘따라 메시지가 더욱 선명하다
풀은 마르고 꽃은 떨어지되
하나님의 말씀은 세세토록 있도다*

대로 저편 건너다 보이는 사무실 창밖에
가을이 이미 깊었다

*신약성경 베드로전서 1장 24절

노안

작은 글씨가 보이지 않는다
이십대 초반부터
먼 것이 보이지 않다가
이제는 가까운 것이 보이지 않는다
먼 산 그리매 한 번 볼 여유 없이
늘 좀생이처럼 코 앞만 보고 달려 온 길
그저 눈에 보이는
제 몸뚱이 하나 살피며 살아온 날들이
쌓이고 쌓이다
안근육 피로라도 일으킨 것인가
조간마다 실려오는 엄청난 세상살이
이젠 잔챙이들을 버리고
굵은 것들만 주우며 대충 건너뛰라는 건지
눈 앞에 보이는 것들
조금 거리를 두고 살라는 말씀인지
아니 이제부터
눈에는 보이지 않는 것들을 보고 살라는 메시지인지
눈보다 머리로 살라는 말씀이신지

2부
살구를 주우며

봄비

봄비 같은 사람이기를

여름날 장대비 아니고
가을날 코트자락 적시는 비 아니고
겨울 살얼음 얼어붙는 비도 아닌

가늘게 가늘게, 어루만지듯
봄에 내리는 실비이기를

손길 닿는 곳마다
생명들 돋아나고
회색 빛들 온통
빨강 분홍 주황 보라 노랑
그리고
순백으로 물들이는
고운 손길이기를

겨우내 기다린 여린 목숨들

쉬이 눈 뜰 수 있게
부드럽게 적시고
아픈 기억까지
연두색 싱싱한 그리움으로 바꾸는
그런 봄비이기를

잠든 영혼 깊은 곳
부활의 메시지로 흔들어 깨우는
그런 손길이기를

지나간 뒤
세상 더욱 푸르러지는
봄비 같은 사랑이기를

5월

아카시아 숲
성긴 그늘 사이에 서면
다시 돌아온 새 봄의 은총 속에
5월은
먼 그리움처럼 수줍게 와 있다
지난 겨울
남몰래 흘린 눈물 자국들
기약대로 돌아온 따사로운 은혜 속에서
더러는 꽃눈으로
더러는 잎으로 맺혀
꽃샘바람 속에
피고 이울고

꽃 진 자리마다
상실의 흔적 지우는
푸른 꿈이 혼곤하다
눈보라 견딘 가지가지마다
푸르고 푸른 잎새로 뒤덮이고

보리물결 위로 솟구치는
새들의 전언까지
잡음 없이 수신되는 이 계절에
내 좁은 가슴에도
부활의 메시지는
해마다 되살아 나고 있는 것이다

살구를 주우며

유월 양광이 지펴 오르는 아침
아무도 오지 않는
휴일의 초등학교 화단은
고즈넉한 추억으로 가라앉아 있다

새 봄 돌아와
겨우내 기다렸던 꽃망울 터뜨릴 때
매화 벚꽃 살구꽃
전혀 구별치 못했는데
꽃 진 자리마다
매화나무 매실색 매실 열리고
벚나무에 버찌색 버찌
살구나무엔 살구색 살구 다투듯 열리더니

여름 향해 치닫는 이 아침
어느 샌가
공중에서 지상으로 낙하한
살구를 줍는다

풀빛 천지 속에 달관한 듯 누워있는
살구색 살구 한 알
오직 처음부터 창조된 저 빛깔
주황색 또는 연주황색
아니다
아니다
다만 살구색으로밖에 표현할 수 없는
살구를 보지 못한 사람은
결단코 알 수 없는
오직 하나의 빛깔
다만 하나의 향기를 지닌
살구색 우주를 하나 주워 올린다

여름 단시短詩 수제數題

45

— 반딧불이

무슨 못 잊을 사연 있어
쓸쓸한 그리움 하나
꽁지에 불을 켜고 떠돌고 있나

— 원두막

둥글게 둥글게 부푸는 꿈 사이로
밑도 끝도 없이 빨갛게 익는 여름
바람 한 줄기 저 만치서 뱁새눈을 하고 있다

— 박꽃

먼 하늘과 땅 사이에서
나의 꿈은 수줍은 옷고름
오늘도 석양에 팔 베개를 한다

— 잠자리

아이 셋을 낳고 하늘로 간 선녀여
두 눈 가득 고인 눈물로
하늘하늘 떼지어 창공을 채우고 있다

— 매미

아
울고
또 울어도
목마름만 더해가는
이
푸르른
지상의 날들이여

— 수박

원두막 주인도 몰래
밤마다 은하수 건너가서
어여쁜 별 하나씩 따다
진주처럼 점점이 숨겨 두고
겉으로 태연한 척
속으로 붉어지는
엉큼한 순정파

— 여름밤

앞마당 멍석 위
부채 바람 조금씩 잦아들면
모깃불 연기 타고
잠시 은하수까지 갔다 오는 사이
잿불 속
자주 감자
속까지 익었다

입추 1

생각 탓인지
매미 울음 소리가
한결 투명하다

지상의 덧없는 한 철을
다시 한 꺼풀 허물처럼 벗어놓고
소리로만 남을 심산인가

매미가 저렇듯 필사적으로 우는 지상,
남녘엔 태풍의 소식

가을이 서는 줄도 모르고
하루 종일
숫자와 회의로 보낸 저녁 답

명동 길 잡답 속을 통과하며
문득 돌아보면
파출소 한 구석에 걸린 캘린더는

여태껏 8월의 초입

아직 한참을 더 가야 할
한여름 길 같아도
가로수 은행 열매가 이미
노란빛을 띠기 시작한 지 한참인 줄을 상기하면

이 풍진 세상
희망이란 존재보다 더 확실한
실체임에랴

말복 앞에 입추를 놓은
선인들의 지혜를 알 것도 같다

입추 2

빛의 속도로
그대에게로 가는 동안
늘 뜨거움의 목마름에 울던 나날
이제
길 오솔길의 입구에 서면
당신에게 가지 않아도
이미 당신은 내 안에
합일되어 있다
늦여름 속
가을은
그렇게 선다

가을비

가을비가 내렸다
따뜻한 넥타이를 매자
어느 새
낙엽이 지기 시작했다
오늘만큼이라도
애써 미소를 짓자
바람이 볼에 싸늘하다
부지런히 제 앞가림만 해온 생애
오늘은
지하도 계단에 엎드린 이에게
오백 원 동전 하나라도 던지자
얇은 옷을 접어 넣고
점점 두터운 옷으로
몸을 숨기기 시작하는 때
오늘만큼이라도 서둘러
내 알몸의 마음을
만나는 이마다 드러내자

꽃 진 자리

목월은
목련꽃 그늘 아래서
베르테르의 편질 읽는다 하고

지훈은
꽃이 지는 아침은
울고 싶다 하고

나는
그리움으로 살아날
부활의 민들레 꽃씨 하나 날리고 있다

첫눈 내린 날 1

첫눈 내린
새벽 길
발자국 두 개
걸어서
하늘나라까지 갔을 것 같다

첫눈 내린 날 2

첫 새벽
운동장 가득 쌓인 눈

강아지처럼 마구 내달리고 싶다

선착순에 익숙한 뇌리에
먼저 온 자의
무한한 권리처럼 펼쳐져 있다

그러나

두 발로 걸으며
네 발자국 남길 수야 없는 일
부득이 늦게 온 사람도
필시 순백의 설원 밟고 싶어할 듯

가장자리만
조금 밟아보고

돌아왔다

모처럼
내 마음에도
흰 눈이 내렸다

첫눈 내린 날 3

함부로 발자국 찍어대다

문득
생각한다

눈 위
함부로 발자국 남기지 마라

너 뒤에 오는 사람
그 자국 따르리니*

돌아보니
함부로 찍힌 흔적
새벽 바람에도
얼굴이 화끈하다

*서산대사 한시

첫눈 내린 날 4

돌아보면
눈 위에 찍힌
내 발자국
부끄럽다

그러나

그 흔적 다 덮이도록
새롭게 눈 내리고

또 내려

다시
호흡 가다듬고
걸을 수 있게 하시는
이 은총

첫눈 내린 날 5

너희 죄가
주홍 같이 붉을지라도
흰눈 같이 희게 되리라는
찬송가 가사

눈이 오지 않는 나라에서는
백곰 털 같이 희게 되리라고 부른단다

천지 가득한 눈길 위에
조심 조심 발을 내디디며

관념이 아닌 눈 밟는 소리를
들을 수 있음이 또한
은총임을 새삼 알았다

첫눈 내린 날 6

어느 일본 시인이
지상의 것들을 보려고 내려온
천상의 눈目*
이라고 표현한
순백의 영혼들

햇살 아래 빛나는
설원을
마주 응시하고 있으면

세상을 보는 눈이
멀 것만 같다

내 속까지
천상의 눈이 들여다보는 것 같다

*요시노 히로시吉野弘 「설국서정雪國抒情」에서

첫눈 내린 날 7

남녘 땅
흔하지 않던 눈이
폭설로 내린 날

6·25로 불탄 집터 버리고
새로 지은 생가 터 뒤 산기슭 언 땅에
불과 2주전 웃으며 헤어지고
임종도 못한
40대 후반 육신의 아비를 묻고 돌아서던
오후

흰 눈이
온통 까맣게 보이던
하산 길

3부
호적부

호적부

예쁘장한 중학교 여자 동창생이 살던 집을 지나
읍사무소 가까이 회색 시멘트 담 옆
아버지와 친구였다는 늙은 행정서사 영감님이
인지를 팔고 있었다
읍사무소 앞을 가로질러가는
빛 바랜 바람결마다
웅웅거리는 소리들이 묻어왔다
내가 사는 서울과
이 시골 소읍의 거리를 맺어주고 있는
몇 장의 우중충한 종잇조각을 베끼려 내려오는 이 귀향
할머니, 아버지, 할아버지의 순으로
내 앞 장에 쓰인 이름들이 지워져 가고
내가 보지 못한 아버지의 형제들까지
낯선 이름 위에 X표를 달고 살아 있는
이 소읍의 민원봉사실까지의 회귀를
나는 애써 포기하고 싶지 않다

애모

신라 때 거찰 정혜사가 있었다는 옛 터에
지금은 이끼 낀 13층 석탑만
산기슭 어둠 속에 솟아 있는 곳
늦가을 비가 내리는 매운탕 집에서
화장기 지워진 여자 동창생이
김수희의 「애모」를 부르고 있다
그대 앞에만 서면
나는 왜 작아지는가
내게도 그렇게 자신이 작아 보이던 때가 있었지
수산고등학교를 나와
배를 타고 원양으로 나갔다
먼 바다에 실종되고 말았다는 풍문의
아이 같지 않게 태산이던
수석 졸업 중학 동창생
숱하게 작아지고 작아지며 걸어온 날들
시네마스코프처럼 펼쳐지며
낯선 얼굴들이 돌아간다
초등학교 때 해마다 소풍 와서
보물찾기를 하던 곳
이제는 속 빈 고목이 되어가는 송림을 거쳐

안개 자욱한 시골길을 따라
논밭으로 변해 버린 생가 터를 지나온 저녁
이제는 저마다의 보물을 하나씩 찾아
보이지 않는 품 속에 보듬고 있을까
동안童顔에서 초로의 얼굴까지
수십 년의 세월을 한꺼번에 건너 뛴
사추기思秋期의 중학 동창회
아직도 애모는 이어지고 있다
「그리고 추억이 있는 한…」
새마을 지도자로
고향 마을 동장을 하고 있는
남자 동창생이 거들고 있다
꽃물 같은 추억이 없는 나도
신파조로 따로 부르고 싶어진다
고향 마을에 내리는 늦가을 비가
벗은 고목들까지
따뜻하게 적시고 있는 밤에
「그리고 추억이 있는 한—」
「그리고 추억이 있는 한—」

우리 마을
— 경북 월성군*

댐 건설로 수몰되어
과거로만 존재하는 동네처럼
옛날의 본적지에만 남은 이름.
달의 성城,
반월성 아쉬운 자취마다
오래된 나무들 아직도 푸르게 솟아있듯
달무리처럼 서라벌을 감싸고
신라 천 년의 세월을 함께 증언하던 산하.
양남 양북 내남 산내 감포 건천
천북 외동 안강 강동 현곡 서면
열두 형제 의좋게 옹기종기 모여 살던
햇살 밝고 따사한 마을길들,
화랑의 정기 어린 단석산
너른 들판 길 거느리고
동해로 가는 형산강
감포 앞 거친 물길
용왕 되어 나라를 지키던 대왕암까지,
유년의 그리움 끝에
언제나 무지개 빛으로 뜨는 고향.

*1989년 경주시로 편입됨.

근황

마카 커피 주소.
네? 모카 커피요?
모카가 아이고 마카 커피라 카이.
네? 마카 커피요?
아이고 참, 전부 커피란 말이구마.

한바탕 웃음 끝에
얼굴이 붉어진 종업원 아가씨
브랜드 커피 주문 받아 사라지고,

와 아있나, 그 짝짹이 눈 수학 쌤
얼라 맹키로 유치하던 미술 쌤,
문디, 가시나, 우야꼬, 가 난무하는
시골 남녀공학 중학교 동창회 뒤풀이.

도치날 같은 세월 건너
반백의 아제 아지매들,
서울하고도 강남 한 구석

갱상도 사투리를
팝콘처럼 튀기고 있다.

고향의 봄

까까머리 중학생 때
백일장 하러 안압지 가던 풀밭 길
지금은 풍경이 변해 버려
어림조차 할 수 없지만
황사 속 출근길 둔덕에
개나리들 노랑 별 무리로 뜰 때마다
첨성대 위 내리던
그리움의 별자리처럼
세세년년 가슴이 뛰는
경주의 봄

빈 방

어머니 생각보다 빨리 하늘 나라 가시고
큰 것 평생의 짝 만나 이사하고
둘째 이역만리 공부하러 떠나고
방이 다 비었다
밤 늦은 퇴근 길
또는 새벽 기도 가러 일어나
닫힌 방문들 가만히 열어본다
어머니 방
영정 사진 속에서 웃으시며 나를 보시고
큰 것 방
아직 다 가져 가지 않은 짐들 사이
어릴 적 사진 빤히 나를 건너다 보고
둘째 방
엊그제 출국한 듯 한데도
피아노와 보면대 먼지가 앉아 있다
방 많은 전셋집 구해온 게 어제 같은데
생각지 않은 때에 비어버린 방마다
눈에 보이지 않는 공기만
언제나 알맞게 데워진 체
나를 감싸고 있다

어머니의 꿈

어머니 수의 보따리에서 나온
노란 빛깔의 화사한 한복 한 벌
청색 공단 두루마기 하나
누런 세마포들 속에
어울리지 않게 곱게 개켜진 옷들
그리고
그 위에 놓인 단정한 해서체 한자의
한지 서한 한 통
염습 절차를 설명하던
30대 중반쯤의 장례식장 여종업원
어머니 시집올 때 가지고 온
혼수단자라 한다
시집올 때
혼수를 충분히 못해준다 하어
외종조부가 혼수대여가라는
가사집을 필사해주었다는 얘기가 생각나
나는 빛 바랜 그 단자를 펼쳐보지 못하고
관 속 어머니 가슴 위에 올려드렸다

70년 전
열여덟 꽃다운 나이에
얼굴 한 번 본 적 없는
한 살 아래 철부지 신랑에게로 온
내 미생전의 어머니
어머니에게도 소녀 시절이 있었고
가난 속에서도 신혼 시절이 있었음을
강제 징용 당한 아버지로 인한
새댁의 아픔이 있었음을
이제야 깨닫는다
그러고 보면
철 들고도 사십 년은 지났는데
나는 어찌 한 번도 어머니의 꿈을 물어보지 못했을까
아니 꿈이 있었다고 생각지도 못했을까
일제 시대 시골 벽촌이라 해도
어머니에게도 꿈 많은 소녀 시절이 있었으리라고
꿈에도 생각지 못했을까

배꼽

오랫동안 배꼽의 용도를 몰랐다

오랜만에 아무 일도 일어나지 않은 주말 오후
대중탕 거울 앞에 설 때나
어머니 투병 기간 동안
때로 짜증스럽기도 했던 내면
과민성대장증후군 복통으로
위 아래 구분하여 청진기를 댈 때
잠시 의식하곤 하던 곳

이제 어머니 가시고
배꼽은 회상의 통로가 되었다

제 몸 하나 가누기도 힘들었을
6 · 25 피난길
퇴각하는 인민군으로 오인한 기총소사에
동네 사람 수 명이 죽었다는 동네 저수지 둑
만삭의 어머니 뱃속에서 들었을

B-29 폭격기 소리를 나는 기억하지 못한다

박토조차 넉넉지 못했던 한촌의 시집살이
말수 적은 맏며느리 어머니 탯줄에 매달려 받은 영양
으로
이순 가까운 나이를
그래도 큰 병 없이 살았을 터

배꼽으로 탯줄의 흔적만 남은 후
혼자 하늘에서 뚝 떨어진 것으로 여기고 살아온 세월
어머니 하늘나라 가시고
배꼽은 은혜와 회한의 증거이다

수의

어머니 가시고 비로소
어머니 방 옷장 위 노란 보자기가
수의 보따리임을 알았다
빈소에서 펼쳐 본 보따리 속에
차곡차곡 개켜진
용도조차 짐작키 어려운 세마포들
눈 많이 오던 그 해 겨울
아버지 갑작스레 먼저 떠나시고
홀로 된 40년 세월의 어느 때에
자식들 모르는 사이사이
마지막 걸치고 가실 입성들
스스로 한땀 한땀 준비하셨을까
그러고 보면
어머니 살아 생전
나는 제대로 된 옷 한 벌
내 손으로 사드린 게 없는데
마지막 길 입으실 옷조차
해드릴 기회를 놓쳐 버렸다

고향 길

십일월, 햇살 엷어진 오후
새벽 길 천리를 달려
고향 뒷산 바람소리 시원한 곳
40년 먼저 가신 아버지 곁에
어머니 모셔드리고 오는 길
주변에 골프장이 들어서
어림짐작조차 할 수 없는
생가 터를 지난다

난리통에 집이 불타 버려
남의 집 사랑채에서 몸을 푼 어머니의 자궁을 벗어나
내가 처음 본 것은 무엇이었을까
손녀 둘 다음의 첫 손주라고
만세라도 부르셨을, 지금은 기억조차 나지 않는
할머니의 얼굴이었을까

슬그머니 배꼽을 만져 보아도
원생原生의 기억조차 남아 있지 않은

생가 터 인근 골프장

오래 전 읍내길 어디선가 스쳐간 듯도 한 얼굴들

나이스 샷! 을 외치는 티 그라운드 옆으로

키 작은 나무들 이미

잎을 대부분 떨구고 있다

여름 한 날 소 먹이던 뒷산쯤으로 짐작되는 능선 너머

무상한 구름 몇 송이

예전처럼 떠 있다

유쾌한 폭군

생후 6개월째 나는
첫 외손녀

얼마 전까지만 해도
이 우주에 없었던
전혀 새로운 실존

세상의 온갖 생명력
혼자 모아 갖고 있는 듯한
신묘한 성장
나날이 경이驚異이다

주일에 한 번 외가 오는 날
방긋방긋 웃다가도
한 번 울기 시작하면
천하장사도 못 막는 막무가내

표정 하나에

외할애비 외할미
어미 아비
이모까지
온 식구를 웃고 울리는

유쾌한 폭군

최고의 명약

원인 모를 편두통으로
마주 앉아 근황을 듣고 난
의사의 말

살다 보면 겪는
긴장성 스트레스성 두통이라고 진단 내린
그가 건네 준 처방

한 달 전 이 지구상에 태어난
첫 외손녀 얼굴
자주 들여다 보란다

그 생명
그 미소
그 옹알이

아무리 복용해도 부작용 없는
최고의 명약
신비의 영약이란다

4부
머나먼 눈빛

바람 부는 날

바람 부는 날은 그리운 이여 그대를 생각한다
빈 기침소리조차도 그대를 보내는 바람 뒤 끝에서
조그맣게 매달려가는 한 방울 눈물처럼
따뜻한 숨결로 일어선다
가고 돌아오지 않는 저 만큼 우리가 쌓아놓은 사랑까지도
어느 땐가 문득 한 조각의 바람결을 타고 온다
가장 순수한 것은 그렇게 온다
아득히 무너진 시간 위에 은밀히 열리는
마음 한 자락 열어놓고
이처럼 바람 부는 날은
나의 고운 목숨 그리운 이여 그대를 생각한다

머나먼 눈빛

기억 속의 어느 날처럼
당신에게선 라일락 향기가 난다
아지랑이 아른아른 손 끝에 묻어나는
연록색 바람 냄새가 난다
머나먼 당신의 눈빛은
정다운 새들이 한 차례 지저귀다 간 자리
빈 하늘을 채우는
살구꽃 하이얀 꽃잎처럼 웃고 있는데
파아란 면사포 그늘 아래로
당신의 눈빛이 나를 보고 있다
저 멀리 흔들리며 흔들리며 오는 당신의 모습
바라보기만 해도 전신이 황홀해지는
나의 사랑아
나의 사람아

당신의 얼굴은 너무 멀어서

손을 흔듭니다
흔들 때마다 손가락 끝에 묻어나는
어둠이 짙어집니다
당신의 얼굴은 너무 멀어서
마음에만 와 비칩니다
기억의 한 세월자락에 얼굴을 묻고
당신과 걸어간 길바닥 위에
혼자 부끄러운 발자국이 지워져 갑니다
소식 없던 당신의 소문이 약한 가지 끝에 걸리어
위험하게 흔들리고 있습니다
보이지 않는 당신의 손도 이맘 때쯤
따라서 흔들리고 있습니다

그대의 눈시울 적시는

그대의 눈시울 적시는 꽃이 핀다
꽃은 한 때 피었다 지고
나의 마음엔
그대의 여린 순수가 자리잡고 있다
꽃이 피는 봄날에
왜 이처럼 나는 그대에게 줄 것이 없을까
눈을 감으면
푸라다나스 가지 저 만큼
맑게 트인 하늘 위로
한 해의 새로운 잎새가 돋아나고
나는 또 다시 돌아가야 하는데
눈을 뜨는 것은 새삼스레 가슴 설레는 사랑
오늘도 내일도
그대의 눈시울 적시는 꽃이 핀다

가는 길

떠나는 그대의 뒷모습에 묻어가는 바람이
머리카락 한 올을 흐트려 놓고
창 밖으로 스쳐가는 낙엽소리 밟으며
내 가슴에도 뚜벅뚜벅 가을의 발자국이 찍히네
슬픈 영화의 마지막 장면처럼
노을이 깔리는 길을 그대는 가고
어둠 속에 묻히는 적막한 마음
아무도 남아 있지 않은 배경 위에
가로등 하나 둘 불을 밝히고
모두가 흘러가는 시간 위에
애타는 목마름만 더할 뿐이네
쓸쓸한 바람소리만 더할 뿐이네

왜 내가 당신을 사랑하는지

왜 내가 당신을 사랑하는지 아시나요
사랑한다는 말은 너무 유치하지만
그래도 내가 당신을 사랑한다고 말하는 이유를 아시
나요
당신이 없는 한 순간은
빈 새장을 들여다보는 것 같아
텅 빈 내 마음을 들여다보는 것 같아
생각하기조차 싫기 때문이라오
왜 내가 이처럼 당신을 사랑하는지
왜 내가 이토록 당신을 그리워하는지
당신이 없는 한 순간은
빈 화병을 들여다보는 것 같아
빈 어항을 들여다보는 것 같아

아직도 그리움의 촛불은 타고 있을까

그때 그 찻집에는 아직도 그리움의 촛불이 타고 있을까
어느 가을 내 마음 속 깊은 곳에서
당신의 검은 눈동자가 커다란 불꽃 되어 타오르고 있을 때
나는 처음으로 당신의 손을 잡았지
손가락 끝에 모이는 따스한 체온에 흔들리며
나는 당신의 고개 숙인 목덜미 위에 수줍은 듯 숨어 있는
검은 점 하나 보고 있었지
그 때 그 찻집에는 아직도 그리움의 꽃 한 송이
목을 길게 늘이고 있을까
세월이 흐른 뒤에도 수 많은 사랑의 눈빛들이 남기
고 간
별빛 조각들을 주우며

먼 나라 이야기

꽃이 피는 이야기를 하자
사랑하는 이여
잎이 피는 이야기를 하자
사모하는 이여
그 나라에는 이별이 없고
그 나라에는 눈물이 없고
사시사철 사랑의 바람이 부는 나라
시시사철 행복의 눈송이가 내리는 나라
그런 나라의 이야기를 하자
그런 나라의 노래를 부르자
사람은 가고 없어도
사랑은 남아 있는데
사랑은 가고 없어도
그리움은 남아 있는데
꽃 피고 잎 피고
이별과 눈물이 없는
그런 먼 나라의 이야기를 하자
우리 마음 속에 살아 있는

그 먼 나라의 이야기를 하자
긴 세월 못다 할
그런 이야기를 하자
사랑하는 이여

소리없이 지는 잎새 하나에도

낮은 곳으로 낮은 곳으로
어쩐지 부끄러운 바람이 불고
기도하듯이 손을 모으면
빈 마음들이 가득가득 고여
한 알의 사과를 익게 하는 가을입니다
청자 빛 하늘 한 구석에 빛나는 은빛 실을 타고
한없이 한없이 오르고 싶은 오후입니다
그리운 모습들이 살아나는 가을 햇살에
꽃잎 같은 아픔 물들고
아무데서나 지나간 얼굴들이 나를 불러 세웁니다
소리없이 지는 잎새 하나에도
그리움이 가득가득 고인 날
지나간 꿈 고운 빛이 여울져 내립니다
여울져 내립니다

빛의 나라
― 건국 60주년을 맞으며

까마득한 날에
먼 길을 돌아
흰 옷 입은 백성들이 마침내 도달한 곳
토끼처럼 순한 백성들이 일구어온 강산
척박한 땅에도
철 따라 온갖 꽃들 피어나고
새들 또한 노래하며 지저귀던 터전
삽과 호미로는 끝내 지켜낼 수 없었던 평화가
억눌리고 찢기기를 몇 번인가
아직도 두 동강난 허리
상흔은 깊어
세월은 비무장지대처럼 자욱하고
내일 또한 기약 없는 오늘
건국 60주년
그 은총의 팻말 앞에 선다
격동의 시간들을 살아 남아
환희와 혼돈
좌절과 기대 속에

민주의 이름으로 세워진 나라
고마워라
시간의 구절양장을 돌고 돌아
지금 이 순간 살아 있음이여
오직 은혜로만 설명이 되는
이 절대 사랑 앞에 무릎 꿇고
이제야말로
진정한 민주 통일 시대를 열어
전 세계 한민족 디아스포라와 함께
세계를 향한 빛의 나라로
등대처럼 우뚝 서야 하리
온 세상 향해
오뚝이처럼 소망을 증언해야 하리

새해

한겨울
나목 아래 서서
목질부 깊은 곳에 오르내리는
수액의 소리를 듣는 마음으로
또 한 해의 새벽을 맞자.

어제까지 앞이 보이지 않았어도
새해는 여전히
희망이다
지난 해 내내 절망이었어도
새로운 해는 다시 소망이어야 한다.

그것이
시간 속에 인간을 둔
신의 뜻이므로
그것이
인간을 인간답게 하는 것이므로

5부
예루살렘의 노을

갈릴리 바다

마음 한 자락 끌릴 곳 없이
꽁지 잘린 오늘은
광야를 건너고 건너서라도
갈릴리 바닷가로 가고 싶다
전신으로 바람을 받으며
선혈처럼 핀 풀꽃들이
살아있는 모습을 보고 싶다

흔들리며 흔들리며 뒤를 돌아보다
저주하며 부인한
제자를 연민하고
가롯 유다까지 받아들인
그 용서의 눈빛이 어디서나 쏟아지는 곳
물빛처럼 맑은 사랑이 익어가는
무화과나무 그늘 아래 서고 싶다

바람에 누웠다 일어서는
별꽃들의 영롱한 눈동자마다

무량한 온기와 물기로 빛나는
그 바닷가를 걷고 싶다

신록과 햇살이 눈부신 거리에
재채기와 함성이
독화살처럼 날아와 박히고
돌멩이처럼 굳은 목숨들이
턱없이 부딪쳐 깨어지는
오늘은.

부활절

부활의 새벽을 기다려
나는 무엇을 하나
동 트는 새벽녘
세상의 가장 작은 싹눈 하나
새 봄의 기지개를 켜는
안개 자욱한 지상의 새벽에
내 젖은 눈은 무엇을 보나
어제의 잠이 덜 깬 눈으로
몽롱한 안광 속에서
아직은 겨자씨만한 눈짓이지만
그래도
잠들었던 풀씨들 일어서고
고난의 핏물 든 가지가지마다
연분홍 빛 꽃눈 벌어지는데
부활의 새벽이
소망의 가지 끝에
빛의 폭포로 내리는데
나는 새벽을 기다려 무엇을 하나

아직도 무슨 미망의 음모 속에
잠들어 있나
허망한 가지에
목을 매고 있나

잠언 신서篋言新書

헛되고 헛되다 하심에는
여기 이 풀꽃 하나의
피고 이움까지
넣어야 하는 것인지요
빈 손바닥 들여다보면
거기 가느다란 실핏줄 같은
손금이 달리고
속없이 박수하는
부끄러운 속 마디까지
넣어야 하는 것인지요
배 불러 오늘은
하늘이 오히려 노랗게 보이는
저 깊은 곳
내 속의 속절없는
마음 한 자락까지
넣어야 하는 것인지요
주여.

성탄 전야 聖誕前夜

종일 사막의 모래 바람 속을 걸어온 낙타가
무릎을 꿇고 잠시 묵도를 하듯
눈을 감고 있다
가야 할 길이 어디까지인지
낙타는 알 길 없지만
물기 없는 길을 터벅터벅
그가 걸어온 발자국마다
추운 별들이 하나씩 내려와 있었다
아무도 그 의미를 말해주지 않는
낙타의 행선
그러나 이미
그를 바늘귀로 들어가게 하려고
오직 한 별 지상 길로 떠났다는
동방의 전언이 왔다
사막이 끝나는 곳을 알지 못한 채
낙타는 다만 제 몸의 체온에 기대어 갈 뿐이지만
겨울 채비로 여민 갈색의 털 속에선
빅뱅 직전의 온기,

지상은 여전히 소란으로 충만한데
베들레헴 마구간의 순한 눈망울들만
낙타처럼 가만히 무릎을 꿇고
기다리고 있었다

새벽별

가장 밝은 모습으로
가장 늦게까지 남아
나 같이
코 앞만 보고
시시콜콜 작은 일에나
열 올리며 살아가는
근시안에게
우주의 한 자락을
확실하게 보여 주고
일 년이면 삼백육십오 일을
안달복달하는 자에게
백 년 생애로는 헤아릴 수 없는
광년의 메시지도 전해주고
조용히 사라지는
고마운 존재여

성탄

동방의 현자賢者들
별을 보고 걷는 이들이 도착했을 때
밤은 깊고
베들레헴의 하늘 한쪽이
가물거리는 촛불로 흔들릴 때
호산나
마음 가난한 이들
집집마다 희미한 등을 내어 달았다
유순한 양떼들만이
일찍 온 추위에 목을 비비고
가진 것 없는 목자들의 숨결이
오히려 고른 저녁
유대 땅의 돌멩이 하나까지
뽀드득 뽀드득
경쾌한 소리로 노래하며
즐거이 밟히는 날

코러스와 코러스 사이에
언뜻 천사의 모습도 보였다

예루살렘의 노을

겸손하여 나귀를 타고
예루살렘으로 들어오는 예수를
호산나
주의 이름으로 오시는 이
흔드는 종려나무 가지에서 이미
배신의 웃음은 떨어지고 있었다

빌라도 법정에서
죄 없는 그를 못 박으라고 외치는
군중들 사이에서
한없이 몸을 떨고 떨었을
우리들의 마리아

울지 말자
올리브 숲에 잠기는
예루살렘 고성에 지는 노을

양화진

귀하지 않은 목숨이 어디 있으랴
양화진 언덕
버드나무 꽃 봄날의 영혼처럼 가볍게 날아오르는 강변
길 따라
제비꽃 민들레 꽃다지
이름 모르는 한해살이 풀들
마른 흙 헤치고 소복소복 새로 돋아
봄볕에 속살대고 있는 곳
돌 비석 이끼 낀 그늘마다
용광로 같이 타는 마음들 함께 모여
부활의 아침을 기다리는 곳
천 개의 목숨 있어도
그 생명 모두 이 땅에 바치고 싶다던
뜨거운 사랑들이
봄 하늘 위 동그랗게 동그랗게
소리 없는 메아리 귓전에 맴도는 곳
시간의 무게만큼 쌓여가는
빚진 자의 안타까움으로
차마 발길 돌아서지지 않는
소망과 은혜의 동산이여

가시 면류관

네로의 광염이 불타는 로마를 피해 떠나는 베드로 앞에
다시 나타나신 예수님
쿼바디스 도미네?*
베드로의 등 뒤 하늘 높이 치솟아 오르는 화염을
깊숙한 두 눈동자 가득 담고
고통 받는 당신의 자녀들을 위해
베드로가 떠나온 로마로 들어가신다고
다시 십자가를 지러 가신다고
주님은 나지막이 말씀하신다
닭이 울기 전
세 번이나 주님을 부인하고 저주까지 했던 베드로
자신은 곁불이라도 쬐었건만
일찍 온 예루살렘의 추위를 홀로 대면하고 계신 주님과
눈이 마주치고 대성통곡하던 그
십자가 이후 부활의 찬란한 아침을 보았음에도
고개 떨구고 고기나 잡으러 가겠다던 베드로
요한의 아들 시몬아
네가 이 사람들보다 나를 더 사랑하느냐**

다시 찾아오신 주님의 세 번 질문에 면구스럽던 수제자
오순절 성령 강림 후
한꺼번에 오천 명이나 회개시켰던 능력의 베드로
오늘 그는 공포 속에서 로마를 떠나는데
모든 것 아시는 주님
베드로 앞에 다시 가시 면류관 쓰고 찾아오시다

돌아가 베드로는 십자가에 거꾸로 순교했다는데
나는 오늘 무엇을 해야 하나
가시 면류관 아닌 화관을 바라온 나는
가시는 아예 없고
금은 색색 찬란한 면류관만 바라보고 있던 나는

*"주여 어디로 가시나이까?"
**신약성경 요한복음 21장 15절

추억과, 은총의 시간으로의 순례

김 수 복

(시인 · 단국대 문예창작과 교수)

1.

우리는 시간 속에서 태어나고, 시간 속에서 생을 마치는 운명적 존재이다. 이 숭엄한 시간은 우리 존재의 조건으로서, 우리 삶을 풍요롭게 하기도 하고, 궁핍하게 하기도 한다. 풍요로운 삶의 인식은 시간이 부드럽고 따뜻한 큰 손으로 느껴지고, 궁핍한 삶의 인식은 날카롭고 거칠게 느껴질 것이다. 따라서 우리의 삶의 인식에 따라 시간은 부드럽고 따뜻한 손길이 되기도 하고, 험난하고 고난의 난간이 되기도 할 것이다. 우리는 이 시간의 흐름 속에서 성자처럼 살 수도 있을 것이고, 시간에 쫓기는 도망자와 같은 생을 영위

할 수도 있을 것이다.

이제 갑년을 맞아 자신의 삶을 성찰하고 앞으로의 시적 행로를 밝히는 시집 『예루살렘의 노을』을 펴내는 권택명의 모습을 나는 은총의 시간 속에서 자신의 일상적 삶을 순응시키는 성자 같이 받아들였다. 일상 속에서 신성을 느끼며 살아가는 권택명의 이순을 맞는 인간과 시의 모습이 바로 우리 현실의 삶을 받아들이고 살아가는 순명의 성자와 닮아 있기 때문이다. 나는 그의 이번 『예루살렘의 노을』의 시들을 받아 읽으며, 시 속의 시인에게서 이와 같은 성자적 삶의 자세를 일관되게 볼 수 있었다. 그리고 내가 몇 년 전에 아테네에서 만났던 교당의 종소리가 울리는 방향으로 돌아서서 성호를 긋던 길 가던 여인의 모습을 떠올린 것도 그의 시에 언뜻언뜻 나타나는 은혜의 모습과도 일치했기 때문이다. 이처럼 그의 인간과 시의 모습은 일상 속에서 신성을 마주치는 신앙적 자세가 일관되게 유지되어 있다. 이는 그의 시를 읽으면 "첼로를 켜는 신의 모습이 보인다. 그는 우리들 마음의 집을 짓는 목수이며, 그의 시는 절대자의 가슴에 안긴 한 인간의 가난한 마음의 풍경이다. 그 풍경 속에는 언제나 진리의 꽃이 피어 있고, 그 꽃의 향기는 쓸쓸한 우리를 영원히 위안해 준다"는 정호승의 진언과도 같을 것이다.

이순을 맞는 권택명의 문학 역정은 1974년 심상 신인상으로 등단한 이래 『사랑 이후』『소설小說 부근』『그림자가 있는 빈터』『영원 그 너머로』『첼로를 들으며』 등의 시집 간행과, 일본문학 번역에 몰두해 왔다. 이 문학적 역정의 세계는 자기 각성과 부끄러움 인식이 심저에 깔려 있다. 이 각성과 부끄러움의 자세 속에는 이상호의 『영원 그 너머로』의 해설과 같이 그가 얼마나 반성적인 삶을 영위하고 있는가를 단적으로 드러내고 있다. 오늘날과 같은 이 어지러운 세상에서 미래를 전망할 수 있는 것은 곧 그러한 부끄러워할 줄 아는 마음이 가슴 한 구석에 남아있기 때문이다. 그러기에 그의 시에서 만나는 자기 각성과 부끄러움의 모습들은 한없이 따습고 절실하게 우리의 마음을 울려주고 있다고 하겠다.

이러한 자기 각성과 성찰의 자세는 그의 시적 언어에 대한 인식과도 일치한다. 자기 성찰과 각성은 언어의 외연을 확장시키는 기법보다는 언어의 정통적 수사를 고수하려는 언어인식을 견지하고자 한다. 이러한 인식은 자기 성찰에서 우러나온 언어의 숙성을 지키는, 모호함이 배제된 명징한 언어 인식이 돋보인다. 이는 김용범이 『첼로를 들으며』에서 밝힌 바와 같이 "추상적이며 공교하게 위장된 시어를 사용하거나 작위적으로 시상을 조작하지 않는다. 어찌 보면 명징한 시어와 정통적 수사를 사용함으로써 사람들에게 약간은 딱딱한 느낌을 주는 것도 사실이지만 그 같은 정공

법이 오히려 준열함으로 다가오는" 치열한 언어 인식을 보여준다는 것도 이와 같다.

특히 이번 시집에는 권택명 시인 자신이 자서에서 밝혔듯이 존재와 삶의 본질에 대한 탐색과, 일상 속에서의 자기 성찰, 자연과의 교감, 육신의 뿌리에 대한 존재 성찰, 기독교 신앙의 시적 형상화 등의 주제들이 관류하고 있다.

2.

시인에게 있어 자기 성찰과 각성은 지나온 생의 시간과 공간을 향해 있기 마련이다. 이순을 맞는 시인에게는 더욱 자신의 삶의 뒤편에 대한 추억의 불꽃을 밝힐 것이다. 추억을 통하여 자신의 내력을 뒤돌아보고 성찰하고 각성하려는 의식의 촛불들의 행열들이 그것이리라. 제 1부의 시들 「풍경 A」, 「풍경 B」, 「알코올 램프」, 「곰탕을 먹으며」, 「커피를 마시며」 등의 시편들에서 존재의 본질과 근원에 대한 시선들도 바로 그러한 일상속의 내면적 촛불로 밝힌 성찰의 영상들이라 할 수 있다. 특히 「춘란 꽃대를 자르며」에서 사무실 탁자 위 춘란 꽃대를 잘라내고, 오그라든 꽃잎과 대궁을 보고 "하나님의 말씀은 세세토록 있도다"라는 시행으로 선명한 메시지를 받아낸 영적 상상력은 권택명의 시의 전편에 흐르는 내면의 촛불이다.

그의 이러한 내면 성찰의 촛불은 고향을 향해 빛의 행

방을 잡는다. 권택명의 이순의 시집 『예루살렘의 노을』은 바로 지나온 삶의 뒤편인 고향에 대한 그리움과 추억의 촛불로 지나온 삶의 내력을 성찰하고 있다. 이 삶의 내력에는 그리움과 추억, 사랑의 촛불이 타고 있다. 이는 우리가 흔히 이야기하듯 부드러운 시간 의식의 불꽃들이 밝히는 「배꼽」과 「빈 방」의 원초적 존재 인식과 자기 성찰의 상상력이다.

오랫동안 배꼽의 용도를 몰랐다
오랜만에 아무 일도 일어나지 않은 주말 오후
대중탕 거울 앞에 설 때나
어머니 투병 기간 동안
때로 짜증스럽기도 했던 내면
과민성대장증후군 복통으로
위 아래 구분하여 청진기를 댈 때
잠시 의식하곤 하던 곳
이제 어머니 가시고
배꼽은 회상의 통로가 되었다
제 몸 하나 가누기도 힘들었을
6.25 피난길
퇴각하는 인민군으로 오인한 기총소사에
동네 사람 수 명이 죽었다는 동네 저수지 둑

만삭의 어머니 뱃속에서 들었을
B-29 폭격기 소리를 나는 기억하지 못한다
박토조차 넉넉지 못했던 한촌의 시집살이
말수 적은 맏며느리 어머니 탯줄에 매달려 받은 영양으로
이순 가까운 나이를
그래도 큰 병 없이 살았을 터
배꼽으로 탯줄의 흔적만 남은 후
혼자 하늘에서 뚝 떨어진 것으로 여기고 살아온 세월
어머니 하늘나라 가시고
배꼽은 은혜와 회한의 증거이다

—「배꼽」 전문

어머니 생각보다 빨리 하늘 나라 가시고
큰 것 평생의 짝 만나 이사하고
둘째 이역만리 공부하러 떠나고
방이 다 비었다
밤 늦은 퇴근 길
또는 새벽 기도 가러 일어나
닫힌 방문들 가만히 열어본다
어머니 방
영정 사진 속에서 웃으시며 나를 보시고
큰 것 방

아직 다 가져 가지 않은 짐들 사이
어릴 적 사진 빤히 나를 건너다 보고
둘째 방
엊그제 출국한 듯 한데도
피아노와 보면대 먼지가 앉아 있다
방 많은 전셋집 구해온 게 어제 같은데
생각지 않은 때에 비어버린 방마다
눈에 보이지 않는 공기만
언제나 알맞게 데워진 체
나를 감싸고 있다

—「빈 방」 전문

　'배꼽'은 생명의 원천이며, 어머니, 혹은 존재의 시원으로 가는 통로이다. 이 「배꼽」에서 권택명은, 어머니 혹은 존재의 시원을 향한 배꼽을 '은혜'인 동시에 지나온 삶의 '회한'의 증거로 인식하고 있다. 이는 자신의 생명 젖줄의 배꼽을 망각하고 그 용도조차 잊고 살아왔기 때문이다. 단지 대중탕 거울 앞에 설 때나, 어머니 투병 기간 동안 때로 짜증스럽기도 했던 복통으로 청진기를 댈 때 잠시 의식하곤 하던 곳일 뿐이었다. 그러나 이 배꼽은 어머니로부터 생명을 얻는 존재의 탯줄의 흔적이다. 이 존재의 시원의 흔적은 어머니로 향하는 은혜의 통로이지만 화자는 어머니의 투병이 짜증스럽게 받아들여지고, 과민성 복통을 통하여 배꼽의 은혜를 자성하게 된다. 그 자성적 태도가 어머니가 돌아가시고 나서야 회상의 통로가 되었다고 고백하는 데서 잘 나타난다.

여기서 배꼽은 존재의 시원인 화자의 탄생을 회상하는 창구가 되었다. 화자는 어머니가 몸 하나 가누기도 힘들었을 6·25 피난길 퇴각하는 인민군으로 오인한 기총소사에 동네 사람 수 명이 죽은 동네 저수지 둑 B-29 폭격기 쏟아지는 전황 속에서도 만삭의 어머니 뱃속에 잉태되어 있었다. 이제 이순의 나이가 되었고 큰 병 없이 살아왔고 어머니는 돌아가셨다. 그동안 배꼽의 흔적은 "혼자 하늘에서 뚝 떨어진 것으로 여기고 살아온 세월"에 대한 회한의 자기 성찰과, 자신의 존재의 시원의 어머니에 대한 은총이라는 자아 각성의 증거로서 배꼽을 인식하기에 이른다. 따라서 배꼽은 존재의 시원에 대한 생명의 은총과, 이 은총을 망각하고 살아온 이순의 삶에 대한 회한과 자아 각성을 인식하는 회상의 통로가 되었다고 고백할 수밖에 없다.

존재의 은총과 회한을 각성하게 하는 배꼽과 함께, 「빈 방」 역시 자신의 살아온 삶의 자성과 각성의 태도가 담겨있다. 이 「빈 방」에서도 화자는 지난 세월 "방 많은 전셋집 구해온 게 어제 같은데" 생각보다 빨리 어머니는 하늘나라에 가시고, "큰 것 평생의 짝 만나 이사하고/둘째 이역만리 공부하러 떠나고/방이 다 비었다"고 각성하게 된다. 그래서 퇴근하고서나, 새벽 기도를 가면서 방문을 열고 빈 방을 들여다 보곤 한다. '빈 방'은 돌아가신 어머니를 만나고 떠나간 딸들을 만나는 회상의 공간이 된다.

화자는 어머니의 빈 방에서 영정 속에서나마 자신을 보고 웃는 어머니의 생전의 모습을 만나고 회상한다. 딸들 방에서도 어린 시절의 모습과 그들의 삶의 자취가 묻어 있는 사물들을 통하여 딸들과 회상의 만남을 이룬다. 이 만남의 공간에서 비록 모두 자신의 곁을 떠난 빈 방이지만 화자는 눈에 보이지 않는 공기만 언제나 알맞게 데워진 채 나를 감싸고 있다고 있음을 느낀다. 이와 같이 권택명의 「빈 방」의 상상력은 역시 위의 「배꼽」과 함께 자신의 삶의 회상과 각성을 이루는 장소로서 작용하고 있다.

위의 「배꼽」과 「빈 방」의 자신의 지나온 삶에 대한 성찰과 각성의 자세들은 그의 감성의 심저에는 인간과 사물에 대한 사랑의 미학적 감성이 바탕으로 깔려있다. 감히 '사랑의 미학적 감성'이라 한 것은 그의 시에서 사랑은 주제로서가 아니라 사물을 인식하는 태도이기 때문이다. 그의 사물에 대한 시선으로서 사랑은 미학성을 획득하기 때문이다. 이러한 「배꼽」과 「빈방」의 회상의 공간은 시 「애모」와 「고향 길」에서 '고향'의 추억속의 시절로 유도 되어간다.

「애모」에서는 중학동창회 모임 자리에서 화장기 지워진

여자 동창생이 부르는 김수희 노래 '애모'의 선율을 따라 중학교 시절의 추억 속으로 되돌아가는 회상의 정경이 펼쳐진다. 화자는 안개 자욱한 시골길을 따라 이제는 논밭으로 변해버린 '생가 터'를 지나간다. '저마다의 보물', 중학생 시절의 추억을 찾아 품속에 보듬고 있을 지도 모를 초로의 동창생들은 아직도 추억의 노래 가락 속에 젖어 있다. 화자 또한 "꽃물 같은 추억이 없지만" 그 추억의 노래 속에 젖어들고 싶어진다. 늦가을 비가 내리는 고향 마을에서 추억이 있는 한 벗은 고목들까지 따뜻하게 적시는 추억의 밤을 회상한다.

이 추억의 '고향'은 「고향 길」에서 원생原生의 기억을 찾고자 하는 존재 의식으로 바뀐다. 이 원생의 기억은 '생가 터'로 구체화 되었다. 화자는 40년 전 먼저 돌아가신 아버지 곁으로 어머니를 모셔놓고 돌아오는 길에 이제는 짐작조차 할 수 없는 '생가 터'를 지난다. 생가 터는 앞의 시들에서 배꼽을 잊고 살아온 지난날처럼 회한과 성찰의 장소이다. 그래서 "슬그머니 배꼽을 만져"보지만 원생의 기억조차 나지 않는다. 즉 '원생의 기억', 집이 전쟁으로 불타서 남의 집 사랑채에서 '어머니의 자궁'에서 태어나 처음 본 '할머니의 얼굴'이 아니었을까 추억하지만 그 기억조차 남아 있지 않음을 절감한다. 그가 추억으로 회상하는 '원생의 기억'의 장소조차 인근에 골프장이 들어서 있고, "키 작은 나무들이 이미/잎을 대부분 떨구고 있고” 추억의 능선 너머로 “무상한 구름 몇 송이/예전처럼 떠 있”는 추억이 있는 한 추억의 노래를 부를 수 없는 장소가 되었음을 화자는 자각하게 된다.

이 추억이 사라진 ‘고향’의 ‘생가 터’는 화자의 원생의 기억으로 돌아갈 수 없는, 그동안 잊고 살았던 ‘고향의 배꼽’이 되어버린 것이다. 원생의 기억조차 없는 고향의 배꼽인 생가 터는 이제 회한과 추억의 존재의식을 담고 있는 장소로 변해버렸음을 자각하게 된다.

3.

이러한 ‘배꼽’과 ‘빈방, ‘고향’의, 존재의 시원에 대한 각성과 성찰의 원생으로의 회상은 부드러운 생명의식을 담고 있다. 이는 권택명이, 존재의 부드러운 생명 인식을 바탕으로 푸른 사랑의 세계와 우주적 상상력을 지향하고자 하는 태도로 잘 나타나고 있다. 이러한 자세는 그의 대부분의 시들의 바탕이 되는 정서이지만 특히 다음의 「봄비」, 「살구를 주우며」가 그것이다. 「봄비」에서 그는 봄비 같은 사람을 갈구하면서 「살구를 주우며」에서는 우주적 창조의 빛깔과 향기를 찾고 있다.

손길 닿는 곳마다

생명들 돋아나고
회색 빛들 온통
빨강 분홍 주황 보라 노랑
그리고
순백으로 물들이는
고운 손길이기를
겨우내 기다린 여린 목숨들
쉬이 눈 뜰 수 있게
부드럽게 적시고
아픈 기억까지
연두색 싱싱한 그리움으로 바꾸는
그런 봄비이기를
잠든 영혼 깊은 곳
부활의 메시지로 흔들어 깨우는
그런 손길이기를
지나간 뒤
세상 더욱 푸르러지는
봄비 같은 사랑이기를

—「봄비」 부분

풀빛 천지 속에 달관한 듯 누워있는
살구색 살구 한 알

오직 처음부터 창조된 저 빛깔
주황색 또는 연주황색
아니다
아니다
다만 살구색으로 밖에 표현할 수 없는
살구를 보지 못한 사람은
결단코 알 수 없는
오직 하나의 빛깔
다만 하나의 향기를 지닌
살구색 우주를 하나 주워 올린다

—「살구를 주우며」 부분

위의 「봄비」에서 화자는 장대비 같은, 가을날 코트자락 적시는, 겨울 살얼음 얼어붙는 비가 아닌, "가늘게 가늘게, 어루만지듯" 내리는 생명의 봄비 같은 사랑을 추구하고 있다. 그것은 생명을 돋아나게 하는 순백의 손길로, 여린 목숨을 눈뜰 수 있게 부드럽게 적셔주고, 아픈 기억까지 연둣빛 그리움으로 바꾸는 봄비이기를 갈구하는 자세에서 잘 드러난다. 또 잠든 영혼을 부활의 메시지로 흔들어 깨우는 손길로, 세상을 더욱 푸르게 하는 봄비 같은 사랑의 미학을 추구하고자 한다. 이는 「살구를 주우며」에서 "풀빛 천지에 달관한 듯 누워 있는 살구 한 알"을 주워 들고 처음부터 창조된 빛깔의 우주적 상상력으로 확대시키고 있다.

　이러한 봄비와 살구 한 알과 같은 자연적 사물을 사랑과 우주적 연민으로 인식하는 상상력은「꽃진 자리」,「첫눈 내린 날 1」에서도 '꽃진 자리'를 그리움과 부활의 메시지로, '첫눈 내린 날 발자국'을 천상으로 간 발자국으로 인식하는 태도로 나타나기도 한다.

　　목월은
　　목련꽃 그늘 아래서
　　베르테르의 편질 읽는다 하고
　　지훈은
　　꽃이 지는 아침은
　　울고 싶다 하고
　　나는
　　그리움으로 살아날
　　부활의 민들레 꽃씨 하나 날리고 있다
　　　　　　　　　　　　　　　—「꽃 진 자리」전문

　　첫눈 내린
　　새벽 길
　　발자국 두 개
　　걸어서

하늘나라까지 갔을 것 같다

—「첫눈 내린 날 1」전문

꽃이 진 자리를 인식하는 시인의 태도는 그의 세계관과 일치할 것이다. 목월은 목련 꽃 그늘 아래서 베르테르의 편지를 읽는다고 했다. 꽃 그늘 아래서 연인의 편지를 읽는다는 의미는 꽃 그늘이 편지를 통하여 연인과 심리적 매개 기제로서 작용하고 있다는 것이다. 또 지훈은 꽃이 지는 아침에 울고 싶다고 했다. 꽃을 아침에 피는 식물적 생리라고 한다면 아침에 지는 꽃잎을 보고 울고 싶다는 지조적 자연관의 한 표현으로 볼 수 있지 않을까 한다. 여기서 시인은 목월과 지훈의 '꽃 진 자리'에 대한 인식을 대비하여 자신의 자연적 사물에 대한 세계관을 피력하였다. 목월과 지훈은 자연적 세계관을 전통과 지사 정서로 수용하여 전통의 서정화에 시사적으로 기여한 시인들이며, 또한 권택명 시의 스승들이라 해도 멀리 벗어난 지적은 아니다. 시인은 이「꽃 진 자리」를 통해 "나는/그리움으로 살아날/부활의 민들레 꽃씨 하나 날리고 있다"고 스승의 '낙화 시행'과 의도적으로 병치시켜 낙화에 대한 자신의 자연관을 언표하고 있다. 화자는 민들레 꽃씨 하나로 그리움으로 살아날 부활 의지를 인식하고 있다. 낙화의 자리가 연인의 편지를 읽는 매개 장소이거나 꽃이 지는 아침에 울고 싶은 생의 지조적

절규나 연민으로서가 아니라 그리움으로 살아날 부활의 꽃씨를 날리는 세계관으로 표명하고자 했다. 이러한 세계관은 「첫눈 내린 날 1」에서도 "첫눈 내린/새벽길/발자국 두 개/걸어서/하늘나라까지 갔을 것 같다"고로 표명하고 있다. 바로 권택명의 시력의 원천인 믿음의 신앙 시학의 세계관이라 하겠다. 이러한 그의 시적 세계관은 첫 시집부터 이 순의 여기까지 그의 시맥 속에 흐른다.

4.

권택명의 사랑의 미학성은 믿음의 시학과 깊이 접맥되어 있다고 했다. 이 믿음의 시학은 현재의 삶에 대한 따뜻한 시간의 눈으로 바라보는 은총과 은혜의 시간 속에서 이루어진다. 이 시간 의식에는 지극히 신앙적 태도가 합일되어 있다. 이는 그의 한 생애의 모든 삶의 응시가 이 화해와 일치를 이루는 존재의 황홀들이 넘치는 정서들로 가득 차 있음에도 잘 나타난다. 그의 대부분의 시들이 이러한 은총의 절대적 세계를 향해 나아가고 있는 것도 이와 같다.

그의 절대적 세계를 향해 나아가고자 기원하는 자세는 현실의 삶을 은혜롭게 받아들이고 있음을 의미한다. 현실의 삶이 은혜롭게 인식되고, 이 은혜로운 삶의 인식은 절대적 은총의 신앙 의식으로 합일된다. 앞에서 그의 삶과 시의 모습들이 현실을 순명으로 받아들이면서 절대적 세계를

향한 자아 성찰과 각성의 자세를 지니고 있는 것이 '성자'
의 모습과 같이 보인다고 한 연유도 여기에 있다. 이번 이
순 기념 시집이라 할 수 있는 이 『예루살렘의 노을』은 바로
이러한 그의 삶과 신앙의 모습을 함축적으로 담고 있다. 시
집의 제목에서도 상징적으로 보이듯이, 그의 지나온 삶의
역정을 자성과 각성하고, 이를 통하여 사랑과 믿음의 시학
으로 승화시켜온 그 시적 도정이 『예루살렘의 노을』에 온
축되어 있다고 하겠다. 이는 예수 그리스도가 인간으로부
터 온갖 수난과 고통을 당하면서 예루살렘에서 성화되어
가는 과정을 인유할 수 있다. 현실의 고통을 은혜롭게 순명
으로 받아들이는 자세는 바로 믿음의 성화된 모습과 가까
이 닮아 있기 때문이다. 특히 4부 「머나먼 눈빛」에 수록된
「바람 부는 날」, 「당신의 얼굴은 너무 멀어서」, 「그대의 눈
시울 적시는」, 「내가 왜 당신을 사랑하는지」 등의 시편들에
함의된 사랑의 언표들은 그러한 믿음의 성화된 자세들이라
하겠다. 다음의 「머나먼 눈빛」과 「성탄 전야」는 절대적 세
계를 향해 기도하는 성서적 상징성을 지니는 시들이다.

기억 속의 어느 날처럼
당신에게선 라일락 향기가 난다
아지랑이 아른아른 손 끝에 묻어나는
연록색 바람냄새가 난다

머나먼 당신의 눈빛은
정다운 새들이 한 차례 지저귀다 간 자리
빈 하늘을 채우는
살구꽃 하이얀 꽃잎처럼 웃고 있는데
파아란 면사포 그늘 아래로
당신의 눈빛이 나를 보고 있다
저 멀리 흔들리며 흔들리며 오는 당신의 모습
바라보기만 해도 전신이 황홀해지는
나의 사랑아
나의 사람아

—「머나먼 눈빛」 전문

종일 사막의 모래 바람 속을 걸어온 낙타가
무릎을 꿇고 잠시 묵도를 하듯
눈을 감고 있다
가야 할 길이 어디까지인지
낙타는 알 길 없지만
물기 없는 길을 터벅터벅
그가 걸어온 발자국마다
추운 별들이 하나씩 내려와 있었다
아무도 그 의미를 말해주지 않는
낙타의 행선

그러나 이미
그를 바늘귀로 들어가게 하려고
오직 한 별 지상 길로 떠났다는
동방의 전언이 왔다
사막이 끝나는 곳을 알지 못한 채
낙타는 다만 제 몸의 체온에 기대어 갈 뿐이지만
겨울 채비로 여민 갈색의 털 속에선
빅뱅 직전의 온기,
지상은 여전히 소란으로 충만한데
베들레헴 마구간의 순한 눈망울들만
낙타처럼 가만히 무릎을 꿇고
기다리고 있었다

―「성탄 전야」 전문

「머나먼 눈빛」에서 "나의 사람아/나의 사랑아"라고 격정적으로 갈망하는 절대적 대상은 「성탄 전야」에서의 직설적인 암시에도 드러나듯 '사람/사랑'의 대응에서 사람의 아들로서 사랑의 화신인, 바로 예수 그리스도임을 부인할 수 없다.

먼저 「머나먼 눈빛」에 펼쳐진 당신과의 일치를 염원하는 시적 정황을 정리하면 다음과 같다. '머나먼 눈빛'을 지닌 '당신'은 "기억속의 어느 날처럼/라일락 향기"가 나는 사람이다. 화자에게 있어 '기억 속의 어느 날처럼' 기억되어 있는 존재이다. 또 이 당신은 과거의 기억 속의 라일락 향기와 아지랑이가 아른아른 손 끝에 묻어나는 연록색 바람의 냄새로 인식되는 존재이다. 이러한 존재는 머나먼 기억 속에서 눈빛을 보낸다. 그 '머나먼 눈빛'은 살구꽃 꽃잎처럼 웃고 있다. 정다운 새들이 한차례 지저귀다 간 빈 하늘을 채우며 파아란 면사포 그늘이 드리워진 하늘에서 화자를 내려다 보며 웃고 있다. 바로 그 당신의 머나먼 눈빛이 '나를 보고 있다'고 인식한다. 그 눈빛은 구체적 '당신의 모습'으로 '저 멀리 흔들리며 흔들리며' 화자에게 오고 있다. 그 오는 당신의 모습만 바라보기만 해도 전신이 황홀해져 화자는 그만 "나의 사람아/나의 사랑아"라고 영탄적으로 갈망하며 '당신'과 일치의 기원을 토로하고 말았다.

또 「머나먼 눈빛」에서 그 눈빛으로 오는 '당신의 모습'만 바라보아도 전신이 황홀해지는 대상으로서의 '당신'은, 「성탄 전야」에서 그 신앙적 대상으로서 구체적 모습을 드러낸다. 여기서 '성탄'은 바로 그리스도의 탄생을 의미하며, 이 시는 바로 그리스도 탄생의 성서적 표현들을 형상화한 것이다. 이 성탄 전야의 정경에는 그리스도의 탄생에 불어 닥칠 고난과 수난 상황들이 언표되어 있지만, 세상의 '빅뱅' 직전의 온기가 휩싸고 감도는 전야이다. 이 빅뱅의 상징적 의미는 스티브 호킹이 『시간의 역사』에서 '신의 의도’ 혹은 ‘신이라고 불러도 괜찮다’고 한 것처럼 ‘최초의 근원’이다. 바로 여기서도 빅뱅 직전은 바로 그리스도의 세상의 열림을 계시하고 있다.

여기서 ‘낙타’는 성탄의 계시를 받고 탄생하는 그리스도를 찾아 가는 동방 박사들의 순례의 행로를 암시하는 화자로 설정되어 있다. 낙타는 종일 모래바람이 부는 사막을 걸어 왔다. 가야 할 길이 어디인지 모르지만 낙타는 ‘잠시’ 무릎을 꿇고 눈을 감고 묵도를 하고 있다. 모래 바람 속의 사막은 생명의 불모지일 뿐 아니라 전란과 온갖 악의 무리가 판치는 세상을 구할 수 있는 믿음의 생명이 없는 현실적 상황을 암시하는 장소이다. 그러나 이 불모의 사막 속에서 무릎을 꿇고 묵도를 하고 있는 낙타가 걸어온 발자국마다에는 추운 별들이 하나씩 내려와 있다. 어디인지 ‘가야 할 길’을 모르지만 묵묵히 성탄을 통하여 세상 구원을 믿는 낙타의 묵도에는 그가 바늘귀보다 좁은 천상으로 들어갈 수 있는 구원이 약속되어 있다. 세상의 빅뱅, 태초의 아침이 오는 천국으로 구원받을 수 있는 계시를 받은 것이다. 그 구원을 위해 세상의 ‘오직 한 별’이 지상으로 떠났다는 동방의 전언을 받는다. 낙타는 이 사막의 고통과 수난이 언제 끝날지 모르는 길을 세상을 구원할 절대적 존재를 오직 묵도하면서 걸어갈 뿐이지만, 이 묵도가 구원의 약속을 받는 지표가 되었다. 이는 바로 제 몸속의 체온으로 기대어서 험난한 현실의 사막을 걸어갈 뿐이지만 그의 몸 안에서는 ‘빅

뱅 직전의 온기'로 고난의 세상을 걸어갈 수 있는 구원을
받은 것이다. 소란이 들끓는 '지상'이지만 성탄의 전야는
베들레헴의 마구간에는 순한 눈망울들만이 성탄의 전야를
묵도하고 있다. 이러한 신앙의 묵도는 다음의 「예루살렘의
노을」에서 예루살렘을 순례하는 신앙의 시적 체험으로 완
성된다.

겸손하여 나귀를 타고
예루살렘으로 들어오는 예수를
호산나
주의 이름으로 오시는 이
흔드는 종려나무 가지에서 이미
배신의 웃음은 떨어지고 있었다
빌라도 법정에서
죄 없는 그를 못 박으라고 외치는
군중들 사이에서
한없이 몸을 떨고 떨었을
우리들의 마리아
울지 말자
올리브 숲에 잠기는
예루살렘 고성에 지는 노을

—「예루살렘의 노을」 전문

　권택명의 『예루살렘의 노을』편에 실려있는 「갈릴리 바다」, 「부활절」, 「잠언신서」, 「새벽별」, 「성탄」 등 대부분의 시들이 이러한 신앙적 승화를 기원하는 상상력을 근간으로 하면서, 일상 속에서의 신성을 추구하는 이제까지의 자세에서 신앙의 원체험을 시화하는 자세로의 전진은 바로 그의 신앙 시학의 한 완성으로 보인다. 이는 존재의 시원의 상징인 '배꼽'을 통한 지난 삶의 자성과 성찰의 자세에서, 은혜와 은총의 부드러운 생명의식으로, 그리고 삶의 신앙적 승화로 이어지는 사랑과 은총의 신앙 시학으로의 완성을 의미하는 것이다. 특히 이순을 맞아 펴내는 이 『예루살렘의 노을』의 표제시가 담고 있는 신앙 시학의 한 모습이 그 전형이라 할 수 있을 것이다. 예루살렘은 그리스도의 사랑과 평화의 꽃으로 상징되는 신앙의 낙원이다. '주의 이름으로 오시는' 그리스도의 신앙적 축복 속에서도 '배신의 웃음'이 있고, '죄 없는 그를 못 박으라고 외치는 군중'이 있어도 '울지 말자'고 되뇌며, '올리브 숲에 잠기는 예루살렘의 노을'을 바라보는 화자의 모습에서 바로 일상의 온갖 고통과 회한 속에서도 은혜로운 은총을 기원하는 일상 속의 성자'의 모습을 연상할 수 있을 것이다. 이 모습 속에서 우리는 일상 속의 존재 탐구와 자기 성찰을 통해 신앙의 은총을 영득하는, 이순의 역정을 살아온 순례자로서의 권택명의 시와 인간의 모습을 만날 수 있다.